堀 隆博

歌集 遊離する地平へ

角川書店

遊離する地平へ＊目次

装幀　國枝達也

歌集　遊離する地平へ

堀　隆博

水星

陽が近すぎる　熱い

無

少しずつ世界を作ろう詩《うた》を手にブラックアウトの部屋に彷徨い

暗黒の馬頭星雲その首にハンモックをかけスウィングを聞く夜《よる》

パラパラとノイズをまぶすアナウンス骨髄駅だここで下車せよ

脳だけになったあなたにまず声を戻されたしと神に書状を

無意識を物質化する洞窟に焼かれたばかりのムカデを置きぬ

人間が栽培される地下壕に冷たき夜の香り懐かし

生命の起源はひとつの詩のよどみ枯渇に感を追記した日の

四次元を時間というならその軸を遡ってみよ桑実胚まで

人類の記憶の外にあるような停まったままの街に歌いぬ

数名の否たったひとりの我が去るひきずってきたからだを残し

思想とは機能であれば皮をむきなお皮をむく無に至らんとして

滅

この四月あらゆる壁が喋り出す溝蓋の上にパンジーを置く

サボテンの平たき盾が朽ちてゆく湿潤とはそう浸食である

咳込みを抑えて話す大陸で熱波と寒波が渦を産むとき

崩れゆく橋を踏みつつただ走る彼岸へ向かう首を追いつつ

マイナスの極性に向き花吹雪舞い流れゆく兵を構えよ

気づくだろうあまりに薄き地殻層ぱらぱらと割れ卵胞に消ゆ

最終の兵器の頬にキスをする地の消去まで二秒の間がある

とは言うまいゲームオーバーその後の輪廻の花の青ざめた蕊

を見たのさ岩の間を這うメドゥサの下半身に性器はなくて

は見ないさグラデーションの灰色のファイルを前にハイヒールの黒

とは言うなリオデジャネイロの花が逝き東の浜に低き気圧が

鬱

我の死を確かめた時我はない「で？」早く死ぬのか遅く死ぬのか

奪われて枯れてゆく胸悪魔とは存在ではなく現象なれば

自らに触手を刺して淵の底狂れながら舞うアンモナイトは

ポケットのバイブレーションを無視しつつ地下鉄の明地下壁の暗

伏流の精に揺らげる頰の肉笑みか怒りか決めかねながら

枯草の傾斜に座り現世より少し滑りぬ夕星の輝度

死ぬ前の凍った光が好きなんだ乾いた夏日になるかな・きっと

隠れよと腕時計のナーヴァスな秒針が言う人が来る

死を過ぎて固まっている自由という腫瘍を肩からはずせないまま

無を飲みて飲みくだせぬまま空き缶の影の長きに視線を落とす

恐怖だけ記憶に残る夢を見た朝餉の中にしこりが見えた

金星

孤高かもしれぬ　あの明るさは

孤

俺って生きてるのかな信号を記憶なきままいくつか過ぎて

寂しさは肺の中へと落とし込む弥生の雪を軽く蹴りつつ

茂る葉の群れを従えむくげ咲くリモート以外に人と会わぬ日

水分子つかず離れず落ちゆくを透明傘を回しつつ見る

傘を閉じ車軸の雨の衝撃に身をあててみる悔は快ゆえ

ここまでにしようかと問うパソコンを閉じてようやく地上に上がる

野心には寿命があると笑みながら机上に残る輪染みを拭きぬ

蜘蛛の巣の網目がひとつふたつ切れ「弧」の中の「孤」に一日こもりぬ

十七年こもりを終えて鳴く蟬に寿命の後の行き先を問う

居場所って？　私の影がある場所がきっと私に陽の当たる場所

背景をファミマが過ぎる蒼白の我が首が浮く雪・終電車

揺

夜渋谷アーキテクチャーの誤りを耳元で聞く壊れた息だ

姿なき蟬の鳴き声失敗を学問とする書を開く夜

自身への殺意は長い遺伝子の一介であるキャビネを閉じる

少しだけわかった時におそらくは自我への嫌悪がたぎりはじめる

ドラキュラに血を吸わせてあげようか桜老木倒された夜

密室の防護壁の中消えたのは一口大の怒りであった

侵入を拒否するごとく濡れた傘部屋に開きぬ汗の香がある

人のなき部屋に怒砲を放ちいるこれはひとつの症状である

除菌蛾を部屋に放ちぬ鱗粉にこもる言葉に気を付けられたし

背景にきっと冷たき気圧あり口元だけに笑いを灯し

孤の細胞・癌化しながら増殖す地表を染める曼珠沙華の赤

ラーメン屋死刑執行のテロップが流れたようだ主語は覚えず

時間軸を裏返してみるミサンガの赤き螺旋に街の疲弊が

生存を検出できない崩壊を無数にはらむ壁があるゆえ

首のなき姿態のように主語のなき「べき」が踊りぬ湯気にからみて

包丁にテプラで「愛」と貼り付けて助手席に置き海を目指しぬ

明け方の幻聴だった胎内の記憶が浮上してきたような

惑

シンデレラその後は知らずああ介護かぼちゃの赤き綿にまみれて

血のように芝生は赤く逆光に身を細らせて冬樹々が立つ

フラクタルとかつて呼ばれた樹形図は赤錆色の花を咲かすも

水墨の松の穂先は黒々と針に変わりて天を突きさす

ブヨが舞う桜の画像とその前のヒトにモザイクを施すごとく

存在のなきかのごとき街灯が桜の白き陽の影に立つ

日輪が蝶に変わりて舞うように氷に宿る涼しき光

去った後しばし固有の振動に窓が鳴りいる日の長き夕

入れすぎたスーツケースが噛み合わぬ頭蓋の上が開いたままだ

耐性の高い墓だが雨の朝蟬の羽化より錆が始まる

レンガ朱に染まる記憶に少しずつ隙間が開く墓にゆく道

遊歩道を少し外れて肩掛けのカバンに動く自我をなでいる

人の住むキューブが並ぶ丘を見る列車のゆれに飢餓の芽吹く日

シャッターは布製である西の陽を弔うごとくゆっくり下ろす

月があるティラノサウルス無機的なグレイの顎に押しピンの穴

暗闇につながる襖を開けた時冷たき秋の這いくるを見る

薄暗き氷室の壁に紫の桔梗を彫りぬここで待ってる

一月

残骸を置いたままだ

乱

前職は前世の兵士飛び込んできっと最初に切られた人だ

月面の朽ちたアポロは背景に青く光れる地球を背負う

ヒキガエル重きが跳びて草に消ゆ不明となった時間を探す

情報とかつて呼ばれた円盤に光が跳ねるビアグラスを置く

微風だが重たい風だトラウマの香りを乗せて観音に吹く

震度七サハラで蜥蜴が目を上げる「無事」とは生の不在であれば

女子ふたりダビッドソンを駆って飛ぶ米寿を越えて華麗であれば

挑戦という言葉の繁茂窓を塗り暗闇となる部屋の壁にも

ペルセウスの額を裂きて流星の消えた痕跡引き際かもね

観音の目を見続ける前を向く頬のあたりが動き始める

待たせたね水惑星に棲むヒトに鼓動を許す語りはじめよ

迷

顕微鏡で地球の表を見てみよう動きはなべて鋼の色だ

試合前円陣を組む大陸が北極海に頭を寄せて

ニュートロン吹き抜けし後遊歩道は隘路となりぬ残渣が踊る

ああ昨日何をしていた不忍池には高き蓮の繁茂よ

不忍の波紋はすでに消えゆきぬユリカモメのいた痕跡はなく

スタジアム建てる足場の暗がりに鳴き止まぬ蟬にいぜろにいぜろ

七月に底冷えのカフェ瞳孔のごとく結露が壁の木目に

さそり座に花火が上がりアンタレスの赤き雫に重なりて散る

ひび割れたフロントガラスの屈折に後部座席のうなじが映る

鐘楼が地平とともに傾きぬ焼きナスの皮剝き終える午後

内臓の苦みを舌に載せながら小さくなったと秋刀魚を語る

アンビュランスまたたきながら目の前を無声で過ぎる「夕」の支配下

音を聞き五つ数えて目を閉じる消え去る前の花火を想う

とりあえず次の足場に灯を当てる黴に香れる霧に迷いて

ボンバーのようにビルを越えてゆくスズメバチあり指笛の音

北へ行く空母の底にフジツボは口内炎のごとく並びて

紅色に渦を巻く舌美しき蚊よ初夜なればソプラノで鳴け

独

張り手受けぎこちなく揺れるピノキオの涙がひとつ辞令に落ちる

突撃兵脱走兵おっと兵ではない地下壕に下り電車を追いぬ

社のメール飛び来るを言う携帯が瞬時震えて緑茶が冷えて

渓流の音に気付きぬパソコンの暗転により橋を失い

怒りを察知したら笑うように我が脳をプログラムした会議へ

鑑には異議なしと書く本文に小文字の蟻を忍ばせながら

と思ったが五時少し前帰巣する小さな更地のごときデスクに

人のいない自動化ラインの冷たさに見えるだろうか人の熱波が

吸血鬼だったのだろう血を吸えぬオフィスにありて落ち窪む目は

放物の彗星のようにもう二度と会わない鳥よ黄の襟を巻き

後任は前任者の絵を高らかに塗り替えんとする独自性とは

クレイジーなジャパニーズワークをエンジョイすしばし帰国の友のメールは

窓に雨「まいったなあ」の呟きが聞かれてしまったリモート会議

水門を全開にして雨を待つテレワークにてワークなきとき

空白は白い充塡透明な死を溶かしつつガントチャートは

精神論それは眠りを削ること七味を多く味噌汁に振る

陸橋はゆっくり歩けば音がするノルマを終えた肌に響きぬ

火星

海を探そう

融

あの赤い星には小さな池がありパパの心が浮かんでるって

心臓のドキドキがない手が冷たいけれどもパパは今ここにいる

かけっこで一等とったと言ったけどパパの心はお仕事中かな

空気のない小さな星でパパは今「かくゆうごうろ」を作ってるって

パパの口マジックで私が描いたのさ少し平たく少し小さく

罪

アンドロイドにあなたの声を使いたい少し低くて媚薬・的・ゆえ

この笑いって悲しそう？　アンドロイドの表情筋に可塑剤を注す

冷熱の負荷をくぐりてその胸に罅がひとすじ抱きよせるとき

あなたには接合された顔があるあなたの目には地球《テラ》が映りぬ

日照り・干上がるくぼみに鬱性の樹脂を注ぎぬあなたをつくる

剣山に視細胞を刺しながら司祭の声は「咲き誇れ眼よ」

我が罪を叫びて立てるゼブラより蒼き縦縞離れ消えゆく

野生論地底の駅にひしめきてプログラムはただ求and愛

ハンマーで粉砕されたと記事にありホテルロビーの美しきロボ

死の後の君の体を借りている冷たき舌に甘きいちごは

自意識の欠損に置く基板あり地上がどこかわからぬ我に

どこまでも作り変えていく果てのいずれは海に漂うクラゲ

マイナンバーが製造番号に変わった日囮を置いて夜の街へと

肉体のレンタル業を規制する交尾機能の削除を定む

雑巾を絞っただけの静止画を自画像とする枕辺に置く

背景に蒼き素顔を隠しつつキャットウォークに座りて笑う

バーチャルの人体モデルに投与するKillの言葉を分泌するPill

離

カーテンが夕の茜に染まるころ私の宿る時計をごらん

視聴覚すべてを青きディズニーの時計に託す微笑み求む

悲しさは文字盤を見よ涙滴が滴る仕組み二時の位置より

寝たきりの我の脳波で時計より触手が伸びて尿瓶を取りぬ

部屋隅の時計より見るもの言わぬベッドの我を囲む人らを

接触の不良で声を出せぬ時表情筋のなき文字盤は

涙滴の噴出により我が意志を伝えんとする視線をここへ

文字盤に温かき息視界にはあなたの柔き頬が動いて

頬ずりで時計が息を吹き返し死の前の詩を語り始めぬ

目覚ましは十一時がよい高き陽に夢想の死骸が焼かれた後の

再起動それがあってもいいだろう乾いた襞のごとき過去には

門前に固まりやがて飛散する残渣であった一生《ひとよ》を終えて

「異物」という言葉を湖《うみ》に落とすとき水藻を縫ってneglectの波

日付越え何かが進む夜の街の徘徊の絵に黒を置きつつ

コスモスの葉の重なりの間隙を風に続いて通りゆく声

鮮血の対流を見る長月のテレスコープの火星の顔に

宇宙人は地球では死ぬとニンフが言う水死のような気圧死だって

木星

オレンジ色の雲の重さに

夢

あきらめなければ夢は叶うまた「僕」がそれを言うのだやめろと言うのに

木星とリゲルの間を抜けてくる夜の香りの冷たきに触れ

空欄は埋まる日を待つ祈りゆえ空きのまま待つ枯死する日まで

殺生の悔いのしばしよ掌の大きさの蜘蛛を焦がした後の

夢の死が怖いのださあ引き返そうこの濃い霧が晴れないうちに

高速を降りて山路をすべる時光る路面に無縁死の猫

ドトールの白き明るさ将来のための今など定義しがたく

燃料棒黒き風化の内側の残熱を言う浴槽にいて

手鏡にどこへ行くのと問いながら髭剃りあとの血を拭き取りぬ

缶瓶のゴミ箱の中に捨てたきは帰宅間際に捕縛されし語

いずれ我も「おひとりさま」の道に座し過ぎゆく人の脚を眺めん

壊

ヒトを成す細胞はなべて核を持つ自明を語る空爆前夜

知ってるさミサイルがここに落ちる日と不確定性原理の辞書的意味なら

適否を問う南南西のあの空にピカリとひとつ壊滅の絵の
少しずつ剝がされてゆく国境の皮膚の痛みが耐え難いのだ
きっとこの線香花火の赤玉も顔認証とともに刻まれ

カーボンの足跡を追う正論は霜月を超え色を深めぬ

西方に現世のひずみ新緑に木香薔薇の黄が映える朝

百年間更新されない世界図に砲筒を載せ射出する人

この先は見てはならぬと札を置く呼吸を止めた戦車があるのだ

燃え上がりビルが崩れる映像に阿鼻の地獄の声は聞こえず

踊り場に大きな穴があると聞く新聞紙面に土鍋を置きぬ

地表には分断の蜘蛛巣を広げすべての価値を菱形に切る

空爆のテロップの字の残像に重なるビアの泡の画像は

人身の事故で遅れし電車より憑かれたようなハナショウブ見ゆ

歌集『遊離する地平へ』　栞

冥王星の彼方へ

山田富士郎

堀隆博さんは近藤芳美晩年の愛弟子である。若い頃の近藤は無愛想で知られていたが、晩年はやや好々爺然としていたと思う。堀さんを見る芳美の慈愛に充ちたまなざしは忘れられない。

堀さんは芳美の歌を読んでいるはずだが、作品は似ていない。三十七年前に堀さんは、大滝和子さんや私と一緒に、合同歌集『保弖留海豚《ホテル・ドルフィン》』を出した。その時から独自の歌を作っていたが、このたびの『遊離する地平へ』では未踏の地へ果敢に突き進む姿勢を見せている。歌集の題や類例のない章の立て方にもそれははっきり出ている。

　枯草の傾斜に座り現世より少し滑りぬ夕星の輝度
　ペルセウスの額を裂きて流星の消えた痕跡引き際かもね
　愛がなく喪失がない黄の砂よフロントガラスに文様をなし

堀さんの歌が芳美とは似ていないことを強調したが、これらの歌を見れば、堀さんが現代短歌の技法をきちんとマスターしていることがよくわかる。抒情にも欠けていず、いずれも愛すべき佳作である。

怒りを察知したら笑うように我が脳をプログラムした会議へ

殺処分されるはずだった地下壕のヴァイラス研究総員と俺

ゆっくりと地殻の動くつかのまに地上となった列島碧

歌の中の語り手がイコール作者であることを信じて疑わない人がこれらの歌を読めば、困惑するか怒りだすのではないか。一首目は「プログラムした。会議へ」と読んだが、とにかくここでは自分の脳をコンピューターのように処理する語り手が提出されている。二首目はまるでSF映画である。三首目は大陸移動説レベルの長大な時間が詠まれている。「列島」は日本列島と思われるが、それが「碧」なのもつかのまなのである。

近藤芳美は東工大に学んだ建築の専門家だったが、書いたものを読んでも本人と直接話をしても、そのことを格別意識させられることはなかった。人間味のあるモダニストがいるという印象である。堀さんをポストモダニストと呼べば言葉の誤用になるだろう。たしかに言えそうなのは、この歌集においては人間は世界の中心ではなく、操作され、解体され、製造され、無機物に転写されうる存在として扱われているということだ。旧来の人間観に挑戦しているわけで、ポストヒューマンの時代にふさわしい一冊となっていよう。

あとがきで堀さんはメタバースや仮想現実にかなりの紙幅を割いて言及している。最終章の「冥王星　永遠に」はメタバースを全面的に展開しようとしたものと想像されるが、四十年来の知合いの誼で言わせてもらえばこの章が一番落ちるのではないか。

人類最高最大の発明は言語である。というよりも、言語を発明して何者かが人類になった。そうしてわれわれは歌を詠む。そういう観点から、私の好む歌を選び餞としたい。

暗黒の馬頭星雲その首にハンモックをかけスウィングを聞く夜《よる》

前職は前世の兵士飛び込んできっと最初に切られた人だ

精神論それは眠りを削ること七味を多く味噌汁に振る

少しずつ剝がされてゆく国境の皮膚の痛みが耐え難いのだ

シリウスがひとりかぼそく瞬くを地下鉄出口に上りつつ見る

仮想世界の水分子

栗木京子

現実と仮想現実を自在に往来する歌集『遊離する地平へ』の世界を読み進めながら、作者の堀隆博氏は「現実」（機器を介さない目の前の現象、と表記したほうがよいか）が、じつに鮮明に見えている人だ、と感じた。

サボテンの平たき盾が朽ちてゆく湿潤とはそう浸食である

ポケットのバイブレーションを無視しつつ地下鉄の明地下壁の暗

渓流の音に気付きぬパソコンの暗転により橋を失い

クレイジーなジャパニーズワークをエンジョイすしばし帰国の友のメールは

一首目には地球環境の悪化による異常気象が反映されているのであろう。乾燥には強いはずのサボテンが湿潤により枯れてゆく。肉厚のサボテンを「平たき盾」と描写したところが巧みである。二首目はスマホの着信を無視して地下鉄の駅へと降りてゆく場面。つねに何かに駆り立てられる現代人（作者自身も含めて）を詠んでいる。この歌は「地下鉄の明」「地下壁の暗」の対句表現が鋭い。走行する鉄の塊は燦然として明るいが、動かぬ壁はじっとりと暗い。そこから都市の構図が浮かび上がる。三首目はパソコンが不意に操作停止となった状況であろう。ネットのつながりは「橋」と捉えられている。いきなり橋をはずされて私たちは慌てるのだが、しかしそのときネットワークから解き放たれて身の周りの「渓流の音」に耳を澄ませることができたのだ。これは恩寵なのかもしれない、と気付かせてもらえる。四首目はユーモラスな歌。奇妙な英語はルー大柴というタレントの口調を思わせる。ただし、軽快に表してはいるが「日本人の働き方」への問い掛けは深刻である。

アバターでキスをするとき緋牡丹を長押しせよと誰かが言った

「落ちますね」とチャットの後にメタバースいまだ過疎地とうつむきて言う

仮想世界の歌では、こうしたリアルな体温の伝わる描写に心を惹かれた。一首目は「緋牡丹」が効いている。緋牡丹博徒・お竜の藤純子の美貌が目に浮かぶではないか。二首目はチャットから抜ける人がメタバースの中で思わず弱音を吐いた。「いまだ過疎地」は現実の状況ともオンライン上とも考えられるが、重みと生々しさを感じさせる言葉である。

また、「今」という時代に犀利に切り込む作品の数々にも注目した。

北へ行く空母の底にフジツボは口内炎のごとく並びて

色を変えヴァイラスの波が地を崩すそうあのときのあの波のごと

仮想世界海の青きは水分子一つ一つが人であること

一首目は塚本邦雄歌集『水葬物語』の「海底に夜ごとしづかに溶けゐつつあらむ。航空母艦も火夫も」を思わせる。「口内炎のごとく並びて」の「並びて」が恐ろしい。二首目は新型コロナウイルスの変異を「波」に喩えたことで迫力が出た。「あのときのあの波」は、これまで地球上の生物を幾度も滅ぼしてきた禍々しい波なのであろう。三首目は美しいが、読み終えたのちに慄然とする。水分子である「人」は泣いているのか、笑っているのか。謎めいたこの一首が歌集の末尾に置かれていることが、まことに印象的である。

時空を超える想像力

松村由利子

堀隆博さんは異世界を旅する歌人である。『遊離する地平へ』には、豊かな知識と想像力によって未知なる風景が繰り広げられ、読者を魅了して止まない。歌集が太陽系の惑星や月をタイトルにした九章から成ることは、作者の宇宙への憧れと地球の未来への懸念、両方を示すものではないだろうか。歌集冒頭の歌は、そんな思いを伝えている。

少しずつ世界を作ろう詩《うた》を手にブラックアウトの部屋に彷徨い

「ブラックアウト」にはいろいろな意味があるが、この歌ではすべての電源が広域にわたって失われた深刻な事態と読んだ。絶望的な状況に陥った主人公が事態の打開に向けて動き出すのはSFのパターンの一つだが、作者は詩歌によって「少しずつ世界を作ろう」と心に決める。歌人としての決意表明といえる一首だと思う。

水分子つかず離れず落ちゆくを透明傘を回しつつ見る

入れすぎたスーツケースが嚙み合わぬ頭蓋の上が開いたままだ

自らに触手を刺して淵の底狂れながら舞うアンモナイトは

水分子特有の様態は今も未解明な部分が多い。その不思議さをよく知り、子どものように傘をくるくる回している作者のセンス・オブ・ワンダーこそ、この歌集の至るところにあふれる輝きであろう。詰め込み過ぎて閉まらないスーツケースに「頭蓋」を重ねた二首目は、赤ちゃんの頭の大泉門を連想したのかもしれないし、ロボットである自分の頭部に見立てたSF的状況とも解釈できる。現実と非現実が交錯するようなテイストは、この作者の得意とするところだ。アンモナイトの触手に針状の小さなフックがいくつもあったというのは比較的最近わかったことだが、作者はそこから、懊悩の末、自らを刺し、のたうち回るアンモナイトの姿を思い描いた。もちろん、それは自身の姿でもあるのだろう。

この笑いって悲しそう？　アンドロイドの表情筋に可塑剤を注す

マイナンバーが製造番号に変わった日囮を置いて夜の街へと

寝たきりの我の脳波で時計より触手が伸びて尿瓶を取りぬ

感情認識ＡＩの開発も進むが、一首目はアンドロイドの製造過程のリアルさというよりも、人間の心を読む難しさを思わせる。個人番号と製造番号を重ねた二首目は、近未来小説のようだ。人々がまるで機械のように労働させられ管理される社会において、作中主体は囮を使い、自由を求めて家を抜け出す――。一篇の小説に匹敵するような内容が一首に盛り込まれているという点では、三首目も同様だ。脳波によって車椅子の操作などが可能になってきた現実から、作者は自分が寝たきりになった晩年を思い描いてみせる。

暗黒の馬頭星雲その首にハンモックをかけスウィングを聞く夜《よる》

在ることと生まれることの空隙に夏三日月の切っ先がある

時空を超える想像力は堀さんの優れた資質だが、それは決してディストピア的な将来を憂えるだけに費やされない。馬頭星雲の首にハンモックを掛けてしまうスケールの大きな機智、三日月の繊さに存在の危うさを感じるやわらかな抒情……そこには、現実世界からどこまでも自由に遊離する精神が漲っている。遥かなる地平へ誘われる喜びを存分に味わい、この歌人の新たな門出を祝したい。

経営的判断である生贄のアンドロメダを巨大クジラに

ピンクより深紅に移る黄昏に蕾の起源はきっと漆黒

太平洋どこから見ても地平より上にあるのだあての無き日は

陰

噴水にレッドカラーが照射され異物となりて闇にかがみぬ

ゾンビとは消えたはずの言の葉がよみがえることそなたの口に

一年間ガムテープであった表札を剥がした跡のまぶしき壁は

木星の厚き大気を君に言うスクランブルの中途に立ちて

黒と白くきやかなりし猫がいた陽を回避する隘路であった

木星のぽってりとした朱の光冷やされながら帰路を歩みぬ

花柳街暗渠をまたぎ見下ろしぬ吐き出されいるゲル化した＊刻＊

歯の奥のシナプスをつまみ抜くような痛みであった流れ去ったが

紫陽花の全花弁の色の差を脳裏に焼いた記憶過敏かもね

鍋の湯に狂気をはらり振りながら手の影が舞う白壁を見る

五線譜の電線の間に仲秋の冷たき光レを放ちつつ

土星

星屑が円環となる冷たき地平

失

失言がふわっと浮かぶ閉め忘れいや閉め方を忘れたみたいに

焼け跡のごとき部屋には地球儀が赤きJAPANの痣を見せつつ

消しゴムで初期化はできぬ皺になり破れた紙に百合の素描が

記録的寒波の夜にちょい苦くちと甘き香の英国ビアを

いつもいつも時間の箱に砂を入れあふれるを見るビアの泡立ち

血液のせせらぎの音耳元に井戸に落とした過去が届きぬ

節々に病が芽生え声を上ぐ歌集の栞がはらりと落ちる

手と足を拘束されて寝かされたわけではないさ永遠に降る雨

逃げ水の消えゆくを追うメドゥサを見たかのように直立のまま

人生の減価償却はいつ終えるメフィストに問う自問した後

シジミチョウ薄紫の羽を閉じパソコン画面に驟雨を呼びぬ

漂

揺れが来る前にもぐってそのまま机の下の隔離病棟

夕闇の曳舟の絵が裂かれゆく私の影の脚が消えゆく

弱毒の花弁をこぼしておいたのさいなくなる日に集めるために

際限のなき依存症梅の木の紅き新芽のふくらみに触れ

可能性を失った後木の影に湿りに満ちた羊歯を見つけぬ

ニュートロンその重き禍はゆっくりと昨夜放ちし虚言を刺しぬ

ああここは臓器林だ水に濡れ光れる枝に鍵ひとつ揺れ

暑き日にアスファルトの上に頬をあて蜃気楼に顕つ千手をごらん

雨雲の下から出れば炙られるそう思ってたいつも濡れてた

残り火に水打つ作業に似てるかも微かな記憶に上書きをする

弱酸で皮膚が卵子に変わりゆくショパンのワルツの漂いの中

幹細胞生まれる時と作られる時の落差に神は酸味を

試験管＊＊適切な語は落下後に割れた破片を踏み抜いて言う

この意志を声にする手段を失ったループを描き消えゆく蝶よ

スタジオのあなたの影にもう一人重さを持たぬあなたが見える

太ももの付け根にハブを描き込む洗えば落ちる過去も未来も

脳内の都市の憎悪がケーブルにつながれている・生きる・I kill

変

宇宙線きっと私の細胞にmake loveへの嗜癖を刻む

さあ君は雌雄いずれに履き替える？　変曲点の鞍に座りて

寄生蛾はメタルの青を鎖骨より薄く放ちぬ冷たき肌よ

贖罪日鉗子で腕を摑まれて産道を出る灼熱の砂

アクリルの壁の中にて生を終う壁のありしを知らぬまま咲き

視線にて紡がれる繭に包まれて乾いたままの肌を重ねる

依存症そんな光だ暗がりを静かに降りる女郎蜘蛛の目は

初期化する特に海馬に残余するあなたの息と濡れた睫毛を

中枢は部屋にこもりて生きている四肢はどこかで跳び・会い・重なる

電極であなたの脳と同期して突かれる時のあなたといたい

つながりを失った意志ひとつあり唐突にただ空を指さす

「目標」でありえた夢が「妄想」に変わっただけだ四肢の拘束

その書には文字がなかった・だから・壁を見たまま一日を終えた

点滴のバッグが朝に光る時プラス一日の生を覚えぬ

接点は無限にあると仮定する無限に君が離れていても

愛がなく喪失がない黄の砂よフロントガラスに文様をなし

柔らかく濡れつつ蛇は産卵す疲弊に黒ずむ凍土の上に

天王星

遠く小さな記憶

黙

レグルスのごとき寡黙な灯であった飛んでしまった切れたのではなく
盃の光がこぼれ初場所を観ながらひとり震度三だな

ハイヒールの踵が砕く豆ひとつ東京メトロのホームドア前

カストルとポルックスが見ゆフライデイ地上を埋める光のかなた

シリウスがひとりかぼそく瞬くを地下鉄出口に上りつつ見る

くるぶしをふわりとなでるスカートに風鈴の音の呟くを聞く

色付きのプリントアウトを待つ十秒夏至の陽はまだ地上にありて

艶めけるアンドロイドの白き肌鉛白である触れるを禁ず

電球が消えた直後の残り灯に来世の笑みが不意に見えるも

大風の吹き抜ける中電柱に絡まりて舞う昨日の言葉

在ることと生まれることとの空隙に夏三日月の切っ先がある

幻

百年後やはりそこには君がいる駅改札で少しうつむき

眉の下その青き帆に象形の愛恋の字を読まんとするも

宝塚男役との婚いを夢に見て朝冷たきに覚め

削ることやめて硬貨の銅を見るあなたの前にいてもいいかな

潜熱で少し膨らむ唇は孤独を語りコアを求めぬ

上野駅落ちたばかりの椿あり上目遣いに腰に手を巻き

長月の驟雨が去りぬ地下駅に消えゆく背を追わず帰りき

立膝の谷間の繭に首を挿す自刃に続き介錯をせよ

空間に次亜塩素酸《ジア》を散らして抱くまでのしばしに語る感染者の数

濃緑の魔女が微睡む画布《カンバス》に塗りを残しぬ白髪とする

ビル街の死角の闇に放たれる虚数のごとき愛を追いきぬ

片頭痛おしころしつつ目を凝らす目じりに笑みを確かめたいのだ

聞いてみよう木曽路の深き森の木に人の耳には聞こえぬ声を

ワーケイション画面を開く木曽路夜「要返答」の文字を隠す蚊

千年の塗りが重なる黒壁に死の痕跡は検出できず

奈良井宿二里を歩きて傘を置く過去から来たと過去に向かいて

放物の予定の位置にわたくしの死がありそしてビアの香がある

影

方形の音符がパブの地下室に積まれたままだ古きピアノと

ああ君か直ちに起きよと告げるには十分すぎる悪夢であった

人格の境界に咲くタンポポの鬱的な揺れ白き眠剤

飢えがあるだから隠した羊毛の靴下の中歌書きしメモ

羽化を終え羽を広げる蛾のごとくヴァイラスの影地球に開く

ヴァイラスは満月の影地に黒く現世の負荷を映すがごとく

葉交じりの谷中桜の下にいてヴァイラスに染む朝空を見る

極大と極小をなす鞍点にバイアルがある接種を行う

枯れ蓮の茎ひしめきて天を衝くヴァイラスの黄に染めあいながら

ヴァイラスが地上を這う朝上を向き新緑の葉の輝くを見る

殺処分されるはずだった地下壕のヴァイラス研究総員と俺

色を変えヴァイラスの波が地を崩すそうあのときのあの波のごと

レジ袋牛乳を入れ摑む手はアルボナースの冷たき香り

あまりにも想定内の事実ゆえアイスを食べたコロナ罹患日

地球人なら知ってるねヴァイラスもヒトも言葉も滅びることを

カシオペアあなたの腰に瞬きてひとつの星が潤みを放つ

黒灰の魚群の流れに乗りながら国道の夜走る飢えつつ

海王星

深く深く水圧に耐え

闇

闇はただ闇ゆえに広くひとときの病を飲みて女郎花消ゆ

九州に表と裏があることを豊後に住みて初めて知りぬ

墜ちる陽を陰部のように隠しつつ由布岳はあり高速の帰路

鬱血の裂けるがごとく紅葉が視界に刺さる歩む汽車より

逝く人のいない日はない鉄製の扉の隙に漏れる光は

高千穂が霧に煙れる畔《あぜ》にいて鬼籍の人が増えゆくを想う

雁の群れV字の上に先導の一羽がありぬ焼かれつつ飛ぶ

ペルセウス白き尾を引く流れ星アンドロメダの髪を抱きて

灯を纏う老いた銀杏よ股関節が外れたようだ白き脚見ゆ

暗き灯が枕を照らす台風の湾曲の尾に巻かれゆく夜の

首及び腕を落とされ桜の木ベテルギウスを頭上に置きて

亡

生きてきた証といえば今ここに生きていること静止する蛾よ

錐をもみ小さく深く掘るようにあなたの肌に聖を求める

開き戸の扉の重さ知らぬ間に圧死を遂げたヤモリを見つつ

暗闇に星の生まれる予感あり暗闇は徐々に青く色づき

誰もいない会議室の夕椅子一つ血潮をはらみ呼気を放ちぬ

初期化され砂漠化された細胞に何かが芽吹くあなたの声で

組織という峰の谷間に静止するオブジェであった君の額は

黒鉛の層の光を持つ揚羽灼熱の地を迷いつつ這う

ゆっくりと地殻の動くつかのまに地上となった列島碧

枯れ枝が肺胞を這う毛細の血筋のごとく夜空をつかむ

手を合わせこする音にも似た音をプリンターが吐く個室休日

夜半まで壁に見られて火をくべる画面の中の冷たき我に

ひとりとは孤独ではない岩陰に今朝の予感をすべて産み付け

自らを芥のごとく掃きながら個室に刺さる朝の陽を見る

GODZILLA《ゴッジーラ》憎悪と訳す深き海粉砕の後孵化がふたたび
金属の音が混じりぬ憎しみの具現化された獣の叫びに
ディザスター避けえた仮説骨壺に残り火がある頭を上げよ

没

自主隔離引きこもりとも呼ぶこの部屋はモニターだけが呼吸器なれば

バグフィックス・バージョンアップ・次々とアップデイトで撃たれる秋だ

ケーブルの幾多をつなぎつぶやきを酸素のごとく出して入れるも

サイレンが鳴ってたわけではないのだが急いでここに（逃げて？）来ちゃった

低温で融けゆく鉛在宅で椅子の深みに沈みゆくとき

冬深く深く冷え込む机《き》の下の脚にふわりと狂れの気配が

コーヒーにほのかに上がる湯気の中沈んだはずの罪の香が浮く

無菌室ではないはずだが不思議なくらい生き物のいない部屋

逆光で君が笑ったそこまではトレースできる黄色化する空

あぶらあせ滑剤なれば岩壁に垂らしていつか崩れるを待つ

夕星が月に隠れるこの夜は狂れあうことを許してみないか

冥王星

永遠に

崩

西の陽の低き溶融停車して振り向いて言う向かうぞ冥へ

つぶやきのワンフレーズで君が今地上を離れつつあることを知る

この郵便届けられない偶然をふと願いつつポストに落とす

畜生道その真ん中の明滅は未読のままの告知のメール

餓鬼道にふらふらと立つ見えなかったことがわからなかった

ヴァイラスが意志伝達でうつるというネットに五感が捕縛された日

拡散を推すのは夜の嗜癖《アディクション》ネットワークにヴァイラスは憑き

境界を失いながら釈迦の掌のチップの中の宇宙を泳ぐ

踏切のその空間とその時間轢断はなく遮断機が上がる

カナヘビの尾だけが踊る美しき憎悪の形文月の陰

空《す》いている隣の電車に乗ってみた逆方向だった固化が始まる

想

生命のはじまりは常に有機物と誰が言ったか冥王星よ

潮流を運命と呼ぶ氷A氷Bとが触れるつかの間

死は常に融合としてそこにある花弁を開き蕊を揺らしぬ

木漏れ日に透けるあなたはホログラム微笑みを抜け葉が浮遊する

青白きキアヌ・リーブス頬骨にコーディングの傷鼠のタトゥー

北陸の地の揺れの中バーチャルのライブで君は絆を語る
ゴーグルにこぼれる涙励ましの言葉飛び交うメタバースにて
目の前で語るあなたは北の地で今地震《ない》に揺れ寒さに耐える

空間の揺らぎに酔いて星形の投げ銭を打つ悲しき歌に

浮遊体確かにここに見えていたおそらく君の何かであった

心骨に脱臼の音皮膚の裏あらわに見せる言の葉を受け

高層のビルの隙間に落ちる月夜半を過ぎて夢遊を終える

風車より粉砕の力を受けながら頭蓋を割りて虚無を生み出す

XR展示会場のブースには芽生える前の寂しき一人

アバターの青き瞳に見つめられ視線を逸らす鼓動が響く

「落ちますね」とチャットの後にメタバースいまだ過疎地とうつむきて言う

Virtualが Potentialへと沈みゆく開ける扉を失いながら

遊

人生を・初期化・できるってさ・ヘッドマウントディスプレイ・黒

ぎこちなく自らの手を振りながら深夜の宴にアバターで入る

コライダの言葉の浮遊摩擦なく刀が胴を突き抜けるとき

百合の花弁重きを開き非現実の蜜に浸りぬゴーグルに汗

ＤＪの共振の夜うなじには汗ひとしずく灯にきらめきぬ

アバターでキスをするとき緋牡丹を長押しせよと誰かが言った

暗闇で目が欲しければ壁を這う発光ムカデにトリガーを引け

投げた輪の中に立ちまた輪を投げる崖を踏み越え宙に浮くまで

宇宙へと延びる階駆け上る言葉なきまま呼吸なきまま

灼熱の渋谷の空に銃口がひしめいている仮想and/or現実

ぶつかってそのまま抜ける痛点を撫でてピンクのアバターが去る

Operating System《オウ・エス》 の Update に零れ落ち廃墟となったバーチャル上野

廃墟にはヴァイラスがいるアバターが黒色化する空にはカラス

鼻骨のみ杭のごとくに湿原に刺してみたのだその背景は

雨青く窓ガラスを染め道沿いにあるはずの樹の光を断ちぬ

水槽に映る背後の青き目を仮想の家の壁に描きぬ

星座ならおおぐま座になり春の夜はポーラスターを尻尾で指さん

躍

メタリックなブルーのユリにレーザーを放ちて歌の弾けるを聞く

八十億すべての民をバーチャルに再現すれば展翅板の蛾よ

Welcome to 地平線なきこの国へ眩しき中に孤の触れ合いを

ヒエラルキー国境ともに消えるを言う仮想に踊る少年の声

仮想世界海の青きは水分子一つ一つが人であること

あとがき

私が、未来短歌会に入会したのは１９８４年、当時二十三歳で、今から四十年前のことになる。ようやく個人としての第一歌集の出版にたどり着くことができた。この度の歌集は、これまでの四十年間の自分史ではなく、これから、さらに表現活動を進めるための起点としての位置づけになる。作品は、２０１３年から２０２４年までの最近十年の中から選んだ。

いつからか、私は仮想世界に興味を抱くようになった。仮想世界の概念は、数年前のメタバースの流行で出現したわけではないことは言うまでもないだろう。詳細は、専門家の言にゆだねるとして、仮想世界の概念には、一世紀以上の歴史があるのだろうと、直感的には感じている。現実とは異なる神の世界の存在を想定するという観点からは、古代からある発想とも思える。

ところで、私たちが、知覚機能を通じて認識する世界はきわめて限定的であり、絶対的な現実ではない。

草食動物は肉食動物から身を守るため顔の両側に目が付いており、視野角は360度に近いと聞いたことがある。逆に肉食動物は、遠近の位置を正確に把握する必要があり、目は比較的前面に並んで付いているという。魚は水面下と水面の上の両方に視覚的な感受性を持っているものもいて、陸上の動物とは全く異なる視覚世界に生存しているそうである。生物が知覚能力で認識できる世界は、生命に危険を及ぼすリスクに応じた情報ともいえる。

私たちが写生というとき、それは、現実そのものを写したのではなく、私たちが認識する情報を表現したものということになる。言うまでもないが、この考え方は、短歌における写生と矛盾するものではない。

さて、人が受け取る情報は加工することが可能である。今の時代、様々な映像技術を用いて、情報を伝える手段は格段に進歩し、同時に、フェイクニュースに代表されるように、拡散される情報を操作できるようにもなった。

何が現実だろう、あるいは、現実って何だろう。多くの人が疑問に感じている点でもある。

もって生まれた肉体、属性、外見、さらに年齢、性別、国籍も含め、自らの意志を制約するすべてが消滅し、自分の個性のすべてを自らの意志で作ることができるようになったとき、さて、私の意志は、どんな自分を作って他者と接するだろうか。とはいえ、自分の個性を創作する材料は、収集された様々な情報を含めた自らの蓄積に頼るしかない。創作の自由度は、自ずから情報の蓄積の範囲に限定される。制約が皆無の状況は、情報が皆無と等しい。というわけで、この概念はすでに破綻している。

が、そのことを十分に認識しつつ、やはり考えてみる。

肉体が消滅し、意志だけが、存在する世界はどんな世界だろう。

そんな妄想に駆られつつ、これまで作りためた作品を見直してみたのである。

私が、VR機材を購入し、メタバースの世界で遊ぶようになったのは2022年6月である。ハンドルネームは〝タカン・ポー（Takan Poe）〟としている。アバターは十五歳の少年の設定で作成した。

これまで二年間、メタバースの世界で遊んだ経験から、一つ言うことがあるとすれば、メタバースの世界で出会う人たちは、現実を離れた仮想の人格ではなく、生身の人間であるということである。姿は、各人思い思いのアバターだが、会話をするときは、時間と空間を共有し、向き合って話をしており、現実の会話との差異はほとんど感じない。

さあ、現実って何だろう。

「仮想現実」という言葉は、ごく最近まで、混沌として把握しにくい概念だったように思われる。が、“Virtual Reality” いわゆるＶＲの和訳という位置づけを与えられてから、具体的な共通認識がもたれるようになったものと思われる。「仮想現実」が具体的に存在する現実世界に、すでに私たちは生きている。仮想現実と呼ばれるひとつの現実を経験した事象として表現するのではなく、そのような現実の中で短歌を軸とした表現が何か別の世界を生み出すことができるかどうか。この歌集の作品のほとんどは、私がメタバースという言葉を知る前に詠んだ作品である。が、目で見えている世界は、仮の現実であるという仏教的な考えにも通じるような考え方が、「仮想現実」という現実と親和性が高いように感じたとき、これまで詠んできた作品は、どのような姿を見せるだろうか。この歌集は、そんなことを含めて考えながら逍遥を重ねた記録ともいえるかもしれない。

最後になりましたが、この度の出版にあたり、多くのご助言、ご指導をくださった皆様に感謝いたします。

私は、大学では工学部に所属し、原子力工学を専攻しました。その後、大学院で化学工学を専攻し、博士課程修了後、化学系のメーカーに就職しました。本年、２０２４年４月、再雇用の期間満了に伴い、三十六年勤めあげた会社を退職しました。技術系で短歌を作る人は、特に珍しいわけではありませんが、私もその一人になります。

この度の出版にあたっては、同じ大学で理科系の尊敬する先輩である坂井修一さんに帯文をお願いいたしました。坂井修一さんに初めてお会いした時は、私は、短歌を始めたばかりで、まだ学生でしたが、後光が見えるような輝きを感じたことを覚えています。栞をお願いした栗木京子さん、松村由利子さんには書籍や歌集を通じて、特に技術系という観点から多くを学ばせていただきました。皆様に心より感謝申し上げます。

私が未来短歌会に入会した当初は近藤芳美選歌欄で、近藤さんからは直接の指導を受けました。世界で何が起こっているかについてしっかり考えるように繰り返し指導されたのを覚えています。また、未来短歌会には、岡井隆さんがおられ、歌会での直接の作品批評も含め、多くの薫陶を受けることができました。

入会して三年後、1987年に仲間八人による合同歌集『保弓留海豚《ホテル・ドルフイン》』を出版しました。その時のリーダーは山田富士郎さんでした。私は、2005年より、山田富士郎さんに選者としてご指導をいただいており、その期間は、すでに二十年近くになります。この度の出版にあたっても、丁寧にご指導をいただき、また、栞の執筆もお願いいたしました。心より感謝いたします。

四十年前の未来入会時、私と同時期に未来短歌会に入会したメンバーには、現在、ご指導をいただいている山田富士郎さん、未来短歌会の現理事長の大辻隆弘さん、選者の加藤治郎さん、江田浩司さん、紀野恵さん、さらに大滝和子さんを始め、多くの俊英がいて、現在に至るまで恵まれた環境で短歌に取り組むことができております。皆様に心より、感謝いたします。

また出版にあたりまして、角川文化振興財団の北田智広さん、橋本由貴子さんには、丁寧なご指導をいただき、おかげさまで、出版を実現することができました。ありがとうございます。

最後になりました。私が短歌を続けるにあたり、温かく見守ってくれた妻と娘に感謝します。

2024年7月23日

堀　隆博

著者略歴

堀　隆博（ほり　たかひろ）

1960 年　誕生

1984 年　未来短歌会入会

2008 年　未来年間賞受賞

E-mail：takaho0402@hotmail.com

メタバース内の姿です
Takan Poe

歌集　遊離《ゆうり》する地平《ちへい》へ

初版発行　2024年10月25日

著　者　堀　隆博
発行者　石川一郎
発　行　公益財団法人　角川文化振興財団
〒359-0023　埼玉県所沢市東所沢和田3-31-3
ところざわサクラタウン　角川武蔵野ミュージアム
電話 050-1742-0634
https://www.kadokawa-zaidan.or.jp/
発　売　株式会社　KADOKAWA
〒102-8177　東京都千代田区富士見2-13-3
電話 0570-002-301（ナビダイヤル）
https://www.kadokawa.co.jp/
印刷製本　中央精版印刷株式会社
 ISBN978-4-04-884617-2 C0092